La nuit des étoiles

Par Bill Scollon
D'après un épisode écrit par Michael Rabb
Inspiré de la série créée par Chris Nee
Illustré par le Character Building Studio
et les artistes de Disney Storybook

© 2014 Les Publications Modus Vivendi inc. pour l'édition française.
© 2014 Disney Enterprises, Inc. tous droits réservés.

Publié par Presses Aventure, une division de
Les Publications Modus Vivendi inc.
55, rue Jean-Talon Ouest, 2e étage
Montréal (Québec) H2R 2W8
CANADA
www.groupemodus.com

Éditeur : Marc Alain
Traduit de l'anglais par Emie Vallée

Publié pour la première fois en 2014 par Disney Press sous le titre original *Starry, Starry Night*

Dépôt légal — Bibliothèque et Archives nationales du Québec, 2014
Dépôt légal — Bibliothèque et Archives Canada, 2014

ISBN 978-2-89660-888-1

Nous reconnaissons l'aide financière du gouvernement du Canada par l'entremise
du Fonds du livre du Canada pour nos activités d'édition.

Gouvernement du Québec — Programme de crédit d'impôt pour l'édition de livres —
Gestion SODEC

Imprimé en Chine

Doc est contente. Son frère Donny est content, lui aussi.

Ils vont observer une
pluie de météores!

« Les météores sont des roches enflammées qui traversent le ciel », dit Doc à Donny.

Papa a fait des biscuits en forme d'étoile. «Ils sont cosmiques!» dit Doc.

Henri habite à côté.
Il a un nouveau télescope.

Doc veut voir le télescope.
Vite, la pluie de météores
va commencer !

Henri montre le télescope à Doc.
Oh, non! Henri voit flou.

Le télescope est cassé.
Henri ne pourra pas voir
les météores.

Doc veut réparer le télescope.
Vite, Doc ! La pluie de météores
va commencer.

«Je reviens tout de suite», dit Doc.
Henri attendra avec Donny.

À la cabane, les jouets
prennent vie.

Ils disent « bonjour »
au télescope.
Son nom est Aurore.

Aurore ne voit pas bien.
Elle prend Câline pour un chien !

Doc sait quoi faire.

«C'est l'heure de l'examen!» dit Doc.

Doc montre à Aurore l'image
d'une baleine.

Aurore croit que la baleine
est un bretzel.

Doc sait ce qui ne va pas.
« Aurore a une Stellafloutose ! »
dit-elle.

Aurore a peut-être besoin de lunettes.
«Comme moi, dit Hallie. Oh non !
J'ai perdu mes lunettes !»

Hallie retrouve ses lunettes.
«Il manque peut-être aussi
quelque chose à Aurore», dit Doc.

Doc regarde dans la boîte d'Aurore.
Il lui manque son oculaire!

Aurore a besoin de son
oculaire pour bien voir.

Doc croit que l'oculaire est tombé.
Peut-être dans le jardin d'Henri?
« En voiture! » dit Toufy.

« Le télescope est réparé ? »
demande Henri. « Presque », dit Doc.

Vite, Doc! La pluie de météores
va commencer.

Doc cherche l'oculaire.
Elle le trouve dans l'herbe.

Doc met l'oculaire à Aurore.

Aurore regarde
vers le ciel.
Elle voit les étoiles.
Elle voit la lune.
Ça fonctionne!

Doc donne le télescope à Henri.

Le télescope est réparé.

Merci, Doc!

La pluie de météores commence.
Les météores traversent le ciel.

Henri regarde dans son télescope.
Il voit les météores !

«Comment tu trouves le spectacle?» demande Papa. «C'est cosmique!» dit Doc.